アネモネ

anemone

花言葉

あなたを愛します

黒木 咲

Parade Books

目次

黄・オレンジのアネモネ・無

花屋を開いているのは、水晶と書いてみずきという女性。

水晶が帰り道に歩いていると、今日も黄と橙のアネモネを見かけました。

遊ぶ時も、お出掛けする時も、黄と橙のアネモネはいつも二人だけ。手と手を握って歩きます。

水晶は黄と橙のアネモネに、

「ね、待って」と声をかけました。

驚いた黄と橙のアネモネは、目を大きくして立ち止まります。

「なに？　おねえさん」

「いつも疑問に思うんだけど、二人はなんでいつも一緒なの？　他の色のアネモネと一緒にいるのを見たことがないの」

「ああ……なるほど」

黄と橙のアネモネは教えてくれました。

「他の色のアネモネは、黄と橙のアネモネには花言葉ないからと、私達を仲間外れにしているの」

それを聞いた水晶は、心にぽっこりと穴が空いたような気持ちになりました。そして、

「二人に花言葉をつけましょう」と言ったのです。

びっくりした黄と橙のアネモネは、嬉しい気持ちに包まれました。嬉しすぎて目から大きな涙粒がポロポロと落ちて、泣いてしまいました。

水晶は、二人に「はかない恋」という花言葉をあたえました。

桃色のアネモネ・待ち望む・希望

水晶の花屋に、一人の若い男性が入ってきました。

その男性の選んだ花は、ピンクのアネモネでした。

「お客様は、なぜその花を選んだのですか？」

「僕には付き合っている女性がいるんです。このかわいらしい色合いのピンクの花は、彼女にぴったりだと思ったからです」

「そうなんですね。ちなみにこの花の名前を知ってますか？」

「いいえ、知らないです」

「アネモネって言うのです」

「アネモネ？」

「はい。このピンクのアネモネの花言葉は、『待ち望む』、『希望』です」

その男性は社会人で、急に転勤が決まってしまい、愛する彼女から離れる前に花をあげようと思って、水晶の花屋にやってきたのでした。

男性は彼女に会って、ピンクのアネモネをプレゼントした時、「僕を待っていてね。君は僕の希望だから」と言って渡しました。

赤いアネモネ・君を愛する

水晶の花屋に、二十歳になるかならないかぐらいの女性が入ってきました。

女性の選んだ花は、赤いアネモネ。

「これをください」

「ありがとうございます。すみません、お客様はどうしてこの花を選んだのですか？」

「ああ」と女性は優しく笑みを浮かべて、

「私が片思いをしている男性が、もうすぐ転勤でお店を離れるんです。だから最後にって思って、この花を選びました」

「この花の名前はごぞんじですか？」

「ええ、アネモネですよね」

「はい、ちなみに花言葉は知ってますか？」

「はい、この赤いアネモネの花言葉は『君を愛す』ですよね？」

「お客様すごいですね」

「いえいえ。彼をすごく愛していて、その気持ちを込めてあげようと思ったんです」

その女性にとって、片思いの彼は運命の相手でした。

あるオープンキッチンで働いている時に、彼はお客さんとして来ていました。二か月間毎日、ずっとごはんを食べに来ていたのです。彼のごはんを作るのは、いつも彼女でした。

女性は、近くの別のごはん屋さんでもアルバイトをしようと思い、面接に行きました。すると出てきたのは、その彼だったのです。お互いがお互いのことに気づきました。彼はこの店の店長でした。

女性は採用されて一緒に働くことになりました。出勤するごとに彼に飲み物やお菓子をプレゼントしたりして、毎日が楽しく過ぎました。何度か彼のごはんを作ってあげることもありました。

ところが、半年後、彼の転勤が決まり、会えなくなることになってしまったのです。

青いアネモネ・固い誓い

水晶の花屋に、一人の男性が入ってきました。

買ったのは、青いアネモネ。

「これをラッピングしていただけますか？」

「お客様は、なぜこの花を選んだのですか？」

「これ、青いアネモネでしょう？」

「はい」

「花言葉でこの青いアネモネを選びました」

「この花言葉を知っているんですか？」

「ええ、『固い誓い』という花言葉を持つんでしょう？」

「おっしゃるとおりです」

「僕は、実は友達同士を結び合わせたんです。いわゆるキューピットみたいに。その友達同士が結婚することになって、お祝いとして選びました」

「そうなんですか。それは、おめでたいですね」

「はい。この青いアネモネの花言葉は、日本ではあまりいい言葉ではないのですが、海外ではいい意味を持っているんです。僕は、海外生活が長いので知りました」

「そうなんですよね。大切な約束をした友達や恋人へのプレゼントにいいんです」

白いアネモネ・希望

水晶の花屋に、一人の男子が入ってきました。

見た目には高校生ぐらい。その男の子が水晶に話しかけました。

「この白い花はなんという花ですか？」

「ああ、これですか？　アネモネです」

「アネモネ？」

「ええ。花言葉もあるんですよ」

「花言葉？」

「そう。このアネモネは白だから、花言葉は『期待』、『真実』、『希望』です」

「そうなんだ」

「白の持つイメージにも合った、前向きな花言葉でしょう？」

「たしかに、言われてみれば……。これをください」

「わかりました、何本いりますか？」

紫のアネモネ・あなたを待ってます

今日は、アネモネが一本も売れませんでした。
水晶は、レジの前に紫のアネモネを置きました。
紫のアネモネは、『あなたを待ってます』という花言葉です。
だから一本でも売れるようにと、アネモネを買う人を待つという意味で、
紫のアネモネを置いたのです。

アネモネの誕生

一

大昔、アネモネという名の美しい少女がいました。

ある時、西風の神がアネモネを初めて見て、一目ぼれをしました。

それに嫉妬した花の女神は、少女のアネモネを花に変えてしまったのです。それでも西風の神は、小さな花の姿になったアネモネに優しい西風をあたえつづけていました。

二

美と愛の女神が、息子の恋のキューピットと遊んでいました。

すると、息子の恋のキューピットが、間違えて、母である美と愛の女神の胸に矢を刺してしまったのです。

その時ちょうど通りかかったある青年に、美と愛の女神は恋をしました。

それを知った美と愛の女神の恋人である軍神は、嫉妬して、森で遊ぶ青年と美と愛の女神にイノシシをけしかけたのです。青年はイノシシの牙にさされて命を落としました。

その時に流れた血が泡立ち、真っ赤なアネモネが咲いたのです。

水晶からのメッセージ

香りが苦手な人にアネモネをおすすめします。

アネモネは、香りがない、無香の花。

花びらがないのが珍しい花です。花びらに見えているのは、実は「ガク」なんです。

春の風が吹き始めるころに咲くアネモネは綺麗で、実は「風」という意味も含まれています。

アネモネは二月から五月に開花します。

原産地は南ヨーロッパ。昼に咲き、夕方に閉じるので、ヨーロッパでは美のはかなさと言われています。

日本では、昭和の頃から牡丹一華、花一華、紅花翁草など別名（和名）で知られています。

アネモネはとても可愛いらしい花の一つで、見ていると心が癒されます。ガーデニングにもとてもお似合いの花。

しかし、実は毒があり、草全体に毒を持っているため、注意する必要もあるのです。茎を切ったり、折ったりしたときに出る水分が肌に触れると、皮膚炎や水疱を引き起こすことがあります。

昔、エジプトでは「病気の印」と言われ、アネモネの毒を吸うと、ひどい大病気になるという逸話がありました。もちろん実際にそんなことはありません。

アネモネは、本数によっても花言葉があります。

一本〜十本　『明るい未来へ』

十一本〜二十本　『ずっと変わらない想い』

二十一本〜五十本　『永遠に共に』

五十一本〜九十九本　『希望』

百本〜　『忘れられない記憶』

また、昔から花や木などの植物には、神秘的な力が宿ると考えられていて、暦や神話などから、三六五日、すべての日に「誕生花」が割り当てられています。
アネモネの誕生花は次のとおりの日です。
全般　一月二十二日、三月十二日、三月十三日、四月六日。
赤　三月一日、四月四日。
白　四月二日。
青　二月十五日、四月二日。
アネモネには、百以上の品類がありますが、黒いアネモネはこの世に存在しません。

古い歴史を持ち、ユニークな花です。
是非みなさま、アネモネを愛してください。

アネモネ 花言葉 あなたを愛します

2024年1月16日　第1刷発行

著　者　黒木咲《くろきえみ》

発行者　太田宏司郎
発行所　株式会社パレード
大阪本社　〒530-0021　大阪府大阪市北区浮田1-1-8
TEL 06-6485-0766　FAX 06-6485-0767
東京支社　〒151-0051　東京都渋谷区千駄ヶ谷2-10-7
TEL 03-5413-3285　FAX 03-5413-3286
https://books.parade.co.jp
発売元　株式会社星雲社（共同出版社・流通責任出版社）
〒112-0005　東京都文京区水道1-3-30
TEL 03-3868-3275　FAX 03-3868-6588
装　幀　藤山めぐみ（PARADE Inc.）
印刷所　創栄図書印刷株式会社

ISBN 978-4-434-33223-4　C0093